괜찮다는 말 참, 슬프다

황금알 시인선 253

괜찮다는 말 참, 슬프다

초판발행일 | 2022년 10월 20일

지은이 | 김석
펴낸곳 | 도서출판 황금알
펴낸이 | 金永馥
주간 | 김영탁
편집실장 | 조경숙
표지디자인 | 칼라박스
주소 | 03088 서울시 종로구 이화장2길 29-3, 104호(동숭동)
전화 | 02)2275-9171
팩스 | 02)2275-9172
이메일 | tibet21@hanmail.net
홈페이지 | http://goldegg21.com
출판등록 | 2003년 03월 26일(제300-2003-230호)

괜찮다는 말 참, 슬프다

김석 시집

황금알

팔월 그 어느 날
거품처럼 수국은 져 나리고
수국보다 더 환하던
당신의 웃음도 지고

밥도, 죽도 죽이며
하루를 죽이고
관세음도, 보살도 지우고
나무가 된, 어머니

나는, 젖은 꽃 무덤 되어
짠맛 후회와 함께
속내를 드러내 봅니다

'괜찮다는 말
참, 슬프다'라는 이름으로

차 례

2부 엄마의 시간

3부 짠맛 후회

1부

지다

괜찮다고 한다 울면서 괜찮다고 한다 죽어도 괜찮다고 한다
괜찮다는 말 참, 슬프다

사방치기*

아이가 죽었다
깨금발로 뛰다가 죽었다
금 밟고 죽었다
죽은 아이가 울고 있다

– 너 왜 울고 있니?
– 죽었으니까요

죽은 아이가 울고 있고
죽은 아이를 보며 산 아이들이 웃고 있다

– 넌 왜 웃고 있니?
– 살아있으니까요

괜찮다고 한다 울면서 괜찮다고 한다
죽어도 괜찮다고 한다
죽은 아이를 보고 웃어도 괜찮다고 한다
죽어서 다시 죽지 않기 때문에 괜찮다고 한다

괜찮다는 말, 참
슬프다

* 사방치기 : 마당에 놀이판을 그려놓고 돌을 던진 후, 그림의 첫 칸부터 마
  지막 칸까지 다녀오는 놀이.

사인은 미상입니다

파장 죽도시장 난전
낚시로 잡은 제주 갈치 떨이입니다 떨이,

소리 들으며, 눈 감지 못하고 입 닫지 못하고
응급실 침상에 누워있던 한 생生을 본다

두 눈 멀뚱멀뚱 뜨고도 잡지 못한,
살아있는 것처럼 두 눈 뜨고 입 닫지 못하고 누워있던

눈 감을 사이 없이 죽어 입 벌리고 누운 저 갈치
죽었는데도 생물이라고 우기는 할머니의 억지

은빛 비늘 보라고, 산 듯이 반짝인다고
냉동하지 않아 생물이라는

生, 결코 물지 말 걸 덥석 물어
가톨릭병원 응급실 같은 난전에 눕혀진 갈치의

生, 미늘처럼 입속에 걸린 낚싯바늘처럼

빼낼 수 없는

억지도 억척도 아닌, 툭하고 던지는
짧고, 뭉툭한 한마디

사인은 미상입니다

지다

수변공원 산책길에 수국을 샀다
거품처럼 하얀 수국 앞에 당신은 환했다

큰 꽃은 큰애를
작은 꽃은 작은애를 닮았다지만
하얀 수국 나에겐 당신이었다

환하던 날짜 이윽고 지고
꽃 사라진 빈 화분엔
수국이 있었다는 사실조차 지워지고

애들 떠난 빈자리에
다시 핀 수국
당신의 손전화기에 뿌리를 내렸다

화면에서 솟아나는 물방울 문자들
수국, 자잘한 꽃잎은
활짝 피어오른 당신의 웃음

어느 해 팔월 그 어느 날
수국은 거품처럼 사라지고
수국보다 더 환하던 당신의 웃음도

지
고

모나미

모나지도 못나지도 않은
손에서 떠난 적 없는
내 손때 묻은
있을 땐 불평했던
떨어져 있으면 불편했던
친구처럼 있다 떠나간
모나미는
그냥 펜 아닙니다

순간 끓는 물처럼 손댈 수도
잿빛 아득한 안개처럼
만질 수도 없는
친구보다 더
친구처럼 살다 이제
잡을 수도 다시 만날 수도 없는
아득한 거리의
너

* 모나미: 모나미는 프랑스어로 'mon ami'이며 '나의 친구'를 뜻한다.

흔적

닦을수록
더욱 선명해지는

얼룩 같은

온몸에
깊이 새겨진

상처 같은

바보

한번 가면
다시 못 올 그곳

간다는 말도 없이
가버린 당신

뻔히
두 눈 멀뚱히 뜨고

잡지도 못한
나는

젖은 꽃 무덤 되어

빗물이 꽃잎 쓸어가는 밤새
나무 아래 서 있었다

줌줌이 무너져 내리는 꽃잎
내려다보는 젖은 나무로 서 있었다

제 무게 스스로 감당 못 해
털썩 주저앉아

젖은 무덤이 되었다
꽃 무덤이 되었다

남은 것이 반이다

반 잔의 맥주잔 곁
반쯤 타다만 꽁초처럼

쓸쓸하게 잘 어울리는
오랜 부부처럼

서로가
제 반쪽 바라보며

반이나 남았다고

아직 남은 것이 반이면
그게 어디냐고

울고
웃고

수심 水深

깊이가 있는 것은 그만큼의 슬픔 있다

소란 한번 피우지 않고 고요히 흐르는 물

강물은 하류쯤에서 제 발치를 핥는다

뒤를 돌아보는 습관이 생겼다

문상은 일상이 아니니까
죽음은 검은색이니까
일상복이 아닌
검은 양복에 검은 구두를 신었다

친구의 아버지 장례식장 가는 길
경북대병원 영안실 특2호
부고 올라온 뒤엔
단체 카톡방이 쥐 죽은 듯이 고요했다
까똑 까똑 울려대던
일상의 음담도 패설도 숨을 죽였다.

검은 양복 입고 집 나서는데
누가 자꾸 잡는 듯 당긴다
돌아봐도 아무도 없는데
누가 나를 놓아주지 않는 듯
잡아당기고 있었다

그날 이후 눈 감았던 검은색

바로 바라볼 수 없었던 검은색
도저히 털어버릴 수 없는 생각들
뒤돌아
다시 들여다본다

물금역을 지나면서

물도 유리처럼
부딪치면 금이 가고

사금처럼 영롱한
물의 상처

물금이다

강변 따라
강의 하구 물길 따라

무심하게 지나쳤던
물금

물금역을 지나며
물금 지워진 물길을 생각한다

물에도 금이 간다는 것을
물길에도 깊은 상처 있다는 것을

물금은
물빛으로 말하고 있다

명품은 가방이 아니다

생일 선물로 가방 하나 샀다 '이쁘제?'
브랜드 힐끗 보며 명품 아니네
자기 엄마는 샤넬 사주고
나는 왜 이런 건데
하려면 제대로 해야지

다음 생일에 큰맘 먹고
엄마와 똑같은 브랜드로 샀다
얼마 줬냐는 말과 함께 '짝퉁이제?'
그 한마디에 뒷골이 땡긴다
엄마 거랑 바꾸든가
농 삼아 던졌더니

덜렁 바꿨단다, 진짜로
어머님 새것 하시고 저는 헌것 할게요
동네방네 소문났다
효자에 효부라고
아내는 남편 덕에 명품가방 받고
엄마는 며느리 덕에 명품가방 들고

세월이 지나
새 가방 아니라도, 물려받은 명품가방
시어머니처럼 모시는 그대에게 전한다
명품은 가방이 아니라
당신이라고

버려지는 것들

냉장고 문 열리면
흰 성에 사이로 눈에 띄는
검정 비닐봉지

시간을 푸는 유일한 단서
누가 넣었는지 언제 넣었는지
들어갈 때 열렸다 이제 다시 열리는
검은 봉지 속처럼 차갑다

검은 덩어리로 얼어붙어
떼어내도 떨어지지 않는 그 속은
흰지 검은지 개고기인지 소고기인지
먹다 만 족발인지

모른다는 이유로 버려졌다

모르는 것들
유효기간이 지나도
눈에 띄지 않으면

기억에서 지워지는 것처럼

뉴스의 살 헤집는 말도
속 뒤집히는 소리도
새로울 것 하나 없다는 이유로
검은 비닐봉지 속에 냉동된 채

모른다는 이유로 지워졌다

2부

엄마의 시간

작은 아, 지 아부지 제삿날 전화 오고 막내딸 내 생일에 일본서도 날라 온다
눈앞에 큰아들 보며, 큰아는 늘 바쁘다

잘 있고, 말고요

요양원 침대 위 엄마 눈 맞추며
내 누군지 알겠나
큰아들 이름 머꼬?

엄마는 어디 있능교, 당신 엄마 잘 있능교?

예 예 예 자알 있고, 말고요
내 눈앞에
삼시 세끼 때맞춰 잘 먹고 말 잘하는

'석'이다, 우리 아 이름. 그것도 모를까 바

눈 열리면 문 열리고

아침이 열리는 방안 환하다
눈 열리면
밤 말라 있고 아침 피고 있다

좁은 방 안이 저리 넓게 환한 이유는 뭘까
깊은 잠에서 깨려는 듯
유리병의 마른 꽃잎들
몸을 뒤척이고

마른 꽃향기들 다관 속
펄펄 끓는 물 속에서
팔다리 쭉쭉 펴며
고개 든 꽃망울

눈이 열리고
문이 열리면서
활짝 핀 꽃, 연화장세계

아, 둘이 아니었다

딱새

강변 따라 줄지은 고층아파트
구름 걸리는 키 높은 나무 한 그루
그 둥치 작은 틈 있어
딱새 한 가족 세 들어 살고 있다

오며 가며 눈 맞추는
즐거움 깃을 치는 요란한 소리
마침 바라보니 구멍 사이에 두고
입과 입,
부리와 부리가 부딪는 짜릿함 눈부시다

성냥 알에 불꽃 피어오르듯
하늘과 땅 이어주는 번갯불의
절묘한 타이밍!

하늘 나는 동작 브레이크 잡고 서서
부딪히는 아찔한 접촉의 순간
뾰족한 모정!

젖무덤 움켜쥐고 세차게 빨아들일 때
내 눈동자에 떨어지던
어머니의 그 눈동자
전신을 흔드는
짜릿한 전율!

죽변에서

집들은 동으로 기울어져 있다

등짐 지듯
서산 등지고
뉘엿뉘엿 바다로 다가가는
저 집들

기울며 동으로 기울며
바다로 가듯
올망종말 돌담 이끌고
더 낮은 키로, 저 쇠똥구리

바다 눈높이로 기울어져
굽은 허리 말아 바다 저쪽 끝으로
기울며 또 기울며, 다시
또 한 발 말아 올리고

변죽 울리며
산 그림자 속으로 들어가는
죽변 실루엣

세월

수건은 화장실 벽에
반듯이 걸려있었어요. 거울처럼
늘 얼굴만 찾았지요

언젠가 수건은 바닥으로
내려와 누웠어요. 얼굴 대신
발바닥을 가까이했어요

허공에 매달려 있다가
방바닥에 누워있는 모습 너무너무
편안해 보이네요

고마 카이소

아부지는
문디 같은 기, 카고

어무이는
단디 해라, 칸다

내사마
가마이 듣다가

문디도 단디할 쭐 암니더
인자마, 고마 카이소

내, 똑디 하끼요

너와 함께 젖는다

세월의 높이만큼 솟은
그늘에 기댄 채
접었다 폈다
박쥐우산 같은 몸

대궁만 남아
이제는
펼 수도 없는

비가 새는

죽인 이유
― 살불살조殺佛殺祖[*]

동짓날엔 동지팥죽 병문안엔 전복죽
갱시기, 국시기라 그 시절 콩나물죽

이름은 열까지라도
맛 하나는
죽―이네

조석으로 죽 드시며, 하루를 여닫는
죽 드시고 밥 묵었다 맛 죽인다, 하시는

어머니
하루하루를
죽도 밥도 다 죽인다

---

[*] 살불살조殺佛殺祖: '참다운 깨달음을 얻고자 한다면 만나는 것마다 바로 죽
여야 한다. 부처를 만나면 부처를 죽이고, 조사를 죽여야 해탈해서 자유
롭게 된다'는 임제선사의 사자후.

엄마의 시간

엄마, 엄마요
내 알겠나, 내 누구요

%$#! @&%?
머라카노, 큰아들 알겠어요

내가 머 바본 줄 아나, 아들 둘에 딸 하나

작은 아
지 아부지 제삿날 전화 오고

막내딸
내 생일에 일본서도 날라온다

눈앞에 큰아들 보며, 큰아는 늘 바뿌다

엄마

속까지 까맣게
구멍 뚫린
돌 많은
제주도

엄마 닮았다

바람 잘 날 없이
새까맣게 애간장 타서
구멍 숭숭한
울 엄마

제주돌 닮았다

오도송 悟道頌

아흔아홉
홀시어머니 모시고

눈 감고 귀 막고
입도 닫고

살았던 어머니

텔레비전 보다가
구십 년 만에

짧게
뱉은 긴 법문

말-잘-하-는-기-대-수-인-감-행-실-이-발-
라-야-제

어여 가라니까

보은요양원 카네이션실 창가에
볕 좋은 침대와 나란하게
오월 이미 지고 대궁만 남은 화분
하나 말라가고 있다

어버이날 압니꺼, 꽃 사 왔심더
퇴직했으니 이제 자주 오겠심더
대답도 대꾸도 아닌
이뿌다, 참 이뿌다 하시더니
꽃 지듯 그 말도 지워지고

말라붙은 젖가슴 풀어헤친 팔월
종일 '참 참, 그 참'만 되뇌다
추석날, 딸 사위 손 꼭 잡고
이뿌다 참 이뿌다, 좀 더 놀다 가이소

혼자 온 아들 보며 팔월의 잠언처럼
종일 '참 참, 그 참' 먹먹하다가
'어여, 어여 가라니까' 손사래 치며

온몸으로 밀어내던 그 말

참 참 그 참, 막막하다

게임

해가 진다

이겨야 하는데
진다

지고 나니

눈앞이
깜깜하다

수목장

잎과 꽃 다 비우고
입선에든 나목처럼

보살도 관세음도 지우고
나무가 된

어머니,

나我까지 버린
무無자 화두

뿌리 깊은

3부

짠맛 후회

눈 감는 순간 잿빛처럼 긴 생각 강이 되어 흐르고 져버린 모든 것들
하늘로 스며들어 잿빛으로 번진다

실수의 속내

뒤집어 입은 줄 모르고
안으로 숨겨야 할 것들

다리에 달린 팔
덜렁덜렁 바깥으로
너풀대는 주머니의 존재

감추고 있던
어둠의 내장
빛 속으로 끌려 나왔다

뒤집어 놓아 비로소 알았다

내 속을 흐르던 검은 강줄기
앞에 서서
컹컹, 짖어본다

큰물 지나간 강바닥
훤한 바닥

조약돌

누가 가끔씩, 날
뒤집어다오, 홱
뒤집으면 비로소 보이는 것들

검은 내장 속에 숨어 있던
하얀 속내

같지만 다른

도시의 간판 불빛 하나둘 꺼지고
시계도 바쁜 오늘 마감하고
내일로 향한 지 오래된 시간
등대처럼 불 켜진 식당

졸린 눈 깜박이며 마감 못 한 오늘처럼
졸업도 못 하고 술집서 알바 하는
취준생, 진로 걱정에
깡으로 진로眞露 마시고

옆 테이블 중년의 남녀 두 쌍
참이슬 마시는 여자들
입속에 잘 익었다며
넣어주는 갈빗살

참, 이슬처럼
달달하고
보는 맛 진로進路처럼
씁쓸하다

잿빛처럼 긴 생각

흑과 백
그 경계 늘 잿빛이 있다

눈 뜨면 보이는 것들
눈앞이 캄캄하다

아리고 따가운 상처가
잿물처럼 번져나가고

잿빛 하늘 빗물처럼 번지는 아침
눈 뜨는 순간도 잠시

내가 보는 저 해는
벌써 지고 있고

눈감는 순간 잿빛처럼 긴 생각
강이 되어 흐르고

져버린 모든 것들
하늘로 스며들어 잿빛으로 번진다

뿔

돌부리에 걸려 넘어졌다
거울처럼 환한 길인데
어디 숨어있었던지
고리처럼 발끝 걸어 자빠트리는
저 적의敵意

성난 길
불쑥 내민 뿔
길이 숨겨놓은 뿔이다.

얼마나 갈고 깎은 것일까

달아오른 얼굴에
붉으락푸르락 핏대를 세우고
벌겋게 두근거려도
말갛게 곧은 길
선량한 한낮이다

도시가스 고압전류 다 삼키고도

아무렇지 않은 듯
시침 떼고 있는, 저 길
사금파리 숨긴 햇빛의
밝기가 두렵다.

난감한 네놈 때문에

불콰한 낮술처럼 아파트 건너 동 창문 너머 방금 목욕하고 나온 듯 수건으로 머리 감싼 여인 모습 상상하다 게슴츠레해진 감정처럼 대낮부터 헛심 쓰는 네놈 때문에 난감하다 물 찬 고무총처럼 말랑말랑하던 놈이 빳빳해져서는 두서도 눈치도 없는 네놈 때문에 난감하다 앉은 것도 선 것도 아닌 엉거주춤한 내가 외려 민망해 죽이려 용쓸수록 더 발광을 하는 내 맘대로 되지 않는 불수의근不隨意筋 네놈 때문에 난감하다 노름판에서 죽을 때도 모르고 살아서 고고만 부르다가 돈 다 잃고 손 떨며 실성한 놈처럼 돈 없는 놈은 대가리 쳐들지 말란 법 있느냐며 죽으란 듯 악쓰는 네놈 때문에 난감하다

궁금하다

하늘은 날마다
스무고개 같은 이야기 풀어 놓는다

눈비 햇빛 구름
오늘은 또 무슨 이야기 쏟아 놓을까?

연신 헛기침만 뱉으며 속내 감춘 저 하늘

시일지
소설일지

희극일지 비극일지
아무도 속 모르는 저 보따리에서

오늘은 또 어떤
수수께끼 같은 이야기 풀어 놓을까?

몽돌 해변

들물에 위로 구르고
날물에 아래로 구르며

오른쪽 뺨치면
왼쪽 뺨 내밀고

몽돌님, 장좌불와 중

때리는 바다는 앉았다 섰다
좌불안석

촤르르르 따르르르르

몽돌님
생불生佛 되어

해변은 야단법석

짠맛 후회

남은 다슬기국으로 때늦은 아침
미역국라면
물 만난 불
다슬기 꼬물꼬물
미역 몇 잎 너풀너풀, 아차

때늦은 후회
국물 맛인데, 라면은
국물이 일품인데, 짜다
짜면서도 너무 뜨겁다

씹을 게 없으니
씹히는 맛도 없이 퍼졌다
버리기에는 아까운
중독성

때 놓치게 만드는 감정
후회의 맛
짜다

종이컵 속의 아침

　　아침이 밖에서 안으로 스며드는 시간 스며들어 번지는 시간 번지며 물드는 시간 어둠과 빛이 어울려 몸 섞는 아침 믹스된 아침 커피와 내가 한 몸 되는 아침 달달한 아침 달콤한 시간은 오래 머물지 않는다 아침이면 버려지는 것들 버려지는 것들은 달콤함을 모른다 콘돔이 밤의 맛을 모르듯 커피메이커는 커피의 달콤함을 모른다 재활용분리수거장에서도 분리되지 않는 들큼한 맛을 남긴 채 버려지는 종이컵 속으로 스며드는 아침이다

화두話頭

여자는
남자의 지갑 그 속이 궁금하고
남자는
여자의 속옷 그 속이 궁금하고

나는
흰지 검은지 찼는지 비었는지
내 속
내가 궁금하다

나는 누구인가?

숨어서 부르고 싶은

옛것은 지나간 슬픔이다
불러보면 참 예쁜 입 모양으로

입술 동그랗게 말아
친구의 '구'를 불러내 본다

'구'는 멀고 아득하다

눈앞에 없는 비둘기를 부르는 소리
구, 구, 구, 구

친구의 이름을 불러내듯
옛것을 불러본다

비둘기 울음소리 지나가고
숨은 것들 불러내는 주술 같은

비둘기 눈물 같이 떨어져서 구르는
생전에 아버지 즐겨 부르던

'두만강 푸른 물에'로 시작해서
'라구요'로 끝나는

'라구요'의 '구'처럼, 가끔은
숨어서 부르고 싶은

낙엽

홍시, 계절 끝에 매달려
불타듯

저녁연기 피어오르는
토담집

노을 아래 떨어진
나뭇잎

누가 버렸나?
재떨이에

타다 만
꽁초

벌 받고

몇 년 만에
조부 산소

벌초하다
벌에 쏘였다

벌 주셨다
침으로

벌 받았다
벌침

벌 받고 나니
개운하다

4부

텅 빈 충만

아름다운 마무리를 향해 여기 서 있는 사람들은 무소유를 화두로
살아있는 것은 다 행복합니다

불두화는 불임화

백당나무에서 왔다는
수국 아닌 수국 같은
저 꽃

꽃花 이름이지만
암술도 수술도 없고
꽃가루도 없는
불임의 꽃

땡볕에 제행무상諸行無常
화두話頭 들고
불두佛頭의 입선入禪에 든
저 꽃

벌과 나비 찾아와 속삭이듯
사랑한다, 사랑한다
아니야, 아니 안 돼 머리 흔드는
불두의 꽃

묵언默言의 꽃인가
씨 없는 전립선인가

대문 밖에 쪼그리고 앉아
가출한 입양아, 한 달째
기다리는 그 애비
달싹거리는 입술 닮은
저 꽃

텅 빈 충만으로 행복합니다
— 법정 스님을 추모하며

새들이 떠나간 숲은 적막하다(샘터, 2008)지만 산에
는 꽃이 피네(문학의 숲, 2009) 요. 봄 여름 가을 겨울
(이레, 2001), 물소리 바람소리(샘터, 1986) 가득한데 그
물에 걸리지 않는 바람처럼(샘터, 1990) 살다 홀로 사는
즐거움(샘터, 2004)마저 버리고 떠나기(샘터, 1993)의
텅 빈 충만(샘터, 1989). 아름다운 마무리(문학의 숲,
2008)를 향해 여기, 서 있는 사람들(샘터, 1978)은 무소
유(범우사, 1976)를 화두로 살아있는 것은 다 행복합니
다(조화로운 삶, 2006). 한 사람은 모두를 모두는 한 사
람을(문학의 숲, 2009) 위하여 텅, 빈 의자에 앉아 오두
막 편지(이레, 1999)를 읽으며 맑고 향기로운 삶으로 살
다 간 一期一會*(문학의 숲, 2009)의 당신을 추모합니
다.

---

* 일기일회一期一會: 일생에 단 한 번 만나는 인연이라는 뜻이다. 법정 스님
은 "지금 이 순간을 소중하게 간직하라. 일생에 단 한 번 만나는 인연이
다. 이는 개인의 생애로 볼 때도 이 사람과 이 한때를 갖는 이것이 생애에
서 단 한 번의 기회라고 여긴다면 순간순간을 뜻깊게 보내지 않을 수 없
다"라고 하셨다

가책도 죄책도 없이

가랑이를 찢는다
두 손바닥 사이에 끼워 부비부비
부비고 문지른다

엄지와 검지 사이에 끼워
벌렸다 오므렸다 들었다 놨다
당신의 손에 놀아난다

입에 넣었다가 뺐다가
쪽쪽 소리를 내며 빨기도 한다
제 입안 혓바닥처럼 갖고 놀았는데도
새것만 찾는다

클럽에서 만난 원나잇 관계도 아닌데
가책도 죄책도 없이 버린다
일회용이라는 이유로
단지

참한 복수 때문에

칼국수도 맛있지만
주인장 재치가 더 감칠맛 나는

앞산 빨래터 맞은편
참한 칼국수 집

주인장 직접 정중하게
제일 중간 자리 손님에게 올리는

잿물로 닦아 윤나는 옥빛 재떨이에
한 그릇 칼국수

어제, 담뱃재는 다 타서
그릇에 재를 털어도 괜찮다 했던

그 손님에게 배달된 특별한
한 그릇 칼국수

참한 주인장의 참한 복수에

뜨끈한 칼국수 시원하게 다 비우고

참한 감칠맛에 단골이 되었다는
참, 참한 손님

그 똥개가 좋다

개 닭 소와 함께
할머니의 똥강아지
제 똥 주무르던 손으로
닭똥 소똥 장난감처럼 가지고 놀던 시절

암탉 하나 사이에 두고
한껏 벼슬 세우고
한판 싸움 벌어지면
피 철철 흘러도 멈추지 않는
아사리판에

어디서 온 지도 모르게 나타나
싸움판 싹 쓸어버리는
누런 닭 쫓던 개, 똥개
지붕 쳐다보던
그 똥개가 나는 좋다

철철이 옷 바꿔 입고
선글라스까지 낀 치장에

전용 유모차 타고
비싼 식사에 간식에다 껌까지
개 팔자가 상팔자다

컵라면 먹을 시간도 없이
일하다 죽어도
제대로 보상도 못 받는데
동물학대죄, 동물유기죄
고상한 법까지 만들었으니

이러다 정말 개판 될라

지하주차장

벌린 아가리, 딱
이빨 감춘 아귀처럼 생겼다

저 뱃구리에 얼마나 큰 어둠 들어찼을지
푸르다 붉다 껌벅거리는 노란 눈

온종일 쇳덩이 삼키고도 모자라
아가리 벌리고 있는

아귀 식성

되새김질이라도 하는지
아귀의 소화기는 층층 여러 칸이다

들어가면 좀체 나올 줄 모르는
욕망의 수족관

뱉어내는 법이 없다

막걸리의 말씀

무시하지 마세요
앞가지 '막' 붙었다고
막 부르지도 마세요

거꾸로 세우지 마세요
마음대로
휘돌리지도 마세요.

화주火酒처럼 독하지 않지만
영 맹탕은 아니지요, 술술 넘어가도
뒤끝은 한참 있거든요

열 받으면 끓어올라
뚜껑 열리면 한 성질 하니
막 다루지 마세요

배알 꼴리면
누르고 눌렀던 성질
한순간 한꺼번에
터질 수도 있으니까요

봄날은 아직 이라고

누군가는 목을 빼며 봄날은
간다고 하고
누군가는 목을 꺾고 봄날은
갔다고 했고

그 누군가는 한 번도 본 적 없으니
오지도 가지도 않은 것이라며
봄날은 아직 이라고
꽃샘잎샘 그런 소리 말라고

아름다운 꽃들이 삿대질하듯 무슨
그런 추악한 시샘 하겠느냐고
정말로 없을 것이라고 우기는

꽃 피워본 적 없는
꽃이 언제 피는지
핀 꽃은 언제 지는지
왜 꽃이 지는지도 모르는, 그는

누군가는 간다고 하고
누군가는 갔다고 해도
종일 생선 가시만큼의 햇살도 들지 않는
한 평 남짓 고시텔 방안에서

봄날은 아직 이라고
우기는 그 말 믿으며
봄날은
아직 이라고

고마, 형이라 캐라

시는 말의 씨앗

입김에도 훅, 날아오르고
아무 어깨에도 쉽게 내려앉아
스마트폰도 아닌 구형 폴더폰으로
접었다 펴는 말의 씨앗이다

"선생님은 무슨. 가볍게 하자, 가볍게"
"예, 그라면 형님 카까예"
"고마, 형이라 캐라"
시인은 형님이 아니라 형兄이다

대구의 문인 수는 천 명이 넘지만
문인수는 한 명뿐
민들레 같은
형은 성주 촌사람이다

만촌동의 촌 자에 정을 주고는
삼십 년째 골목길 구석구석

촌티를 박는 중인*
선생님보다는 형이 더 잘 어울리는

시인은 민들레 씨앗

개똥쑥, 이질풀, 며느리밑씻개에도 내려앉는
가볍고도 가벼운
한 줌 구름의
민들레 씨앗이다

* 문인수 시인의 「민들레 골목」에서 인용

미세먼지 나쁨

사글세 지하 단칸방
막일하는 김씨네
겨우내 그 부부
얼굴 본 사람 없다

얽히고설킨 뿌리 아래
봄이 마련되는지
악다구니 고함소리
한참 잠잠하다

김씨 문밖 나서면
언제 그랬느냐는 듯
그 아내 얼굴에 활짝 핀 봄

퍼런 멍자국 아래
유독 빨간 입술
흔적들 숨기려
애쓴 얼굴화장처럼

희뿌연 지하 단칸방
오늘도
미세먼지 나쁨

누군가 말한다

사월을
잔인한 달이라고

누군가 말했다

어떤 이는
꽃망울 주렁주렁한 꽃가지
잘라내고

어떤 이는
나무둥치에 주삿바늘 꽂고 수액을
뽑아내고

어떤 이는
복사꽃 꽃그늘에 앉아 팔다리 잘라야 하는 친구
아픈 이야기 더 아픈 것처럼 이야기하고

어떤 이는
금수면 넉바우식당 평상에 앉아 고로쇠 수액 마시고

백숙 다리 뜯으며
　피 너무 흘려 수혈받아야 하지만
　피 구하지 못해 죽게 되었다는 긴급뉴스
　건성으로 들으며

　사월은 잔인하다고
　말하고 있다

도시의 섬들

동도 트기 전 떠나 고해苦海를 돌아온 고깃배
소금기에 찌던 깃발처럼 펄럭이는 도시어부

파도에 흔들리는 배처럼
펄럭거리는 바람 빠진 입간판 따라 후미진 뒷골목에
하나둘씩 모여든다

운 좋은 오늘을 마친 서너 사람들로 실내는 이미 만선
실내 포장마차지만 실내는 이미 사라지고
탁자도 의자도 없는 실외 실비포장집

차도 들어올 수 없는 이면도로에서 이면의 삶을 사는
사람들
구겨진 일상처럼 신문이 아닌 구문을 깔고 앉아
후미진 뒷골목 곳곳에 생기는 섬, 섬들

서너 순배 잔 돌고 나면 모여 앉은 사람들 다 섬사람
이 구석 저 구석 노을로 물든 섬마을이 되고
가슴에서 입으로 파도가 밀려오면

무인도에 하나둘 이름이 생긴다
여기서 좆도, 술부도 저기서 잔비섬, 술업섬
마셔도, 마셔도 노동요 합창하듯 외치며

비틀비틀 다시 섬 찾아 나서는 사람들
떠나고 나면
후미진 골목길 어두운 섬은 다시, 무인도

고양이의 계절

횟집 도마에 허연 배 드러내고
자빠진 도다리처럼 누워있다
재활용 화분 꽃그늘 아래
나른한 그림자로 누워있다

플라스틱 쓰레기통 속으로
뿌리라도 박은 듯
내동댕이쳐진 자전거처럼
멈춰 선 바퀴처럼 누워있다

죽은 듯이 고요한 자리에
버려진 듯
봄날을 울다 지쳐 잠든 아이처럼
배고픔도 잊은 채 누워있다

누워야 할 곳이 아닌 그곳에
조는 듯 누워있다
쥐 죽은 듯 고요한 봄날
꽃그늘에 배 드러내고

떨어진 꽃잎처럼 누워있다

'단디'와 '똑디'라는 말이 창출하는
놀랍게 풍요로운 정서
— 김석 시집 『괜찮다는 말 참, 슬프다』

호 병 탁(시인 · 문학평론가)

1

  문학이란 무엇인가라는 질문을 새삼 스스로에게 던져
본다. 그동안 많은 평을 써오며 수도 없이 던진 질문이
다. 나뿐 아니라 작가에게나 독자에게나 이는 매우 매력
적이고 도전적이기도 한 질문이 될 것이다. 이 물음에
대한 답은 문학의 개념과 본질을 풀 수 있는 열쇠가 되
기 때문에 매력적일 것이고, 그럼에도 만족스런 답을 구
하기 어렵기 때문에 도전적이 될 것이다. 많은 연구자들
이 이 물음에 대한 답을 찾기 위해 시간과 정력을 쏟아
왔다. 문학연구의 역사는 바로 이 물음에 대한 답을 구
하기 위한 노력의 역사였다고 해도 과언은 아니다. 과학
이 추구하는 가치가 '진리'라면 문학을 포함한 예술의 가
치는 '아름다움'이다. 그런데 아름다움은 누구에게나 '즐
거움'을 선사한다. '진리는 곧 아름다움이요, 아름다움은

곧 진리다'라는 유명한 말이 있다. '아름다움은 도덕적 선의 상징'이란 말도 있다. 이렇게 본다면 진리와 아름다움은 같은 것을 가리키는 서로 다른 이름에 지나지 않는다. 결국 '진선미'는 삼각형의 세 모서리처럼 동일한 것이 아닌가. 문학을 가리켜 '즐거움을 통하여 가르치는 글'이라는 정의가 있다. 확실히 문학은 독자에게 일종의 '즐거움', 즉 '쾌감'을 주는 것이 사실이다. 비극도 카타르시스를 통해 결국은 쾌감을 주게 되는 것이 아닌. 쾌감이란 말 대신 '감동'이라는 말을 쓰는 사람도 많다. 감동 또한 불쾌한 심리상태가 아니니까 쾌감의 한 형태임에 틀림없다. 이 경우 '감화'라는 말도 즐겨 쓰는데 이는 감동과 동시에 무엇인가 배운다는 것으로 기꺼이 받아드린 귀중한 정신적 변화다. '즐거움을 통하여 가르치는 글'이란 말은 문학을 독자와의 관계에서 설명한 아주 적절한 정의라고 판단된다.

내가 새삼 이 문제를 거론하는 것은 김석의 글에는 위 물음에 대한 답이 적절하게 제시되고 있다고 보이기 때문이다. 나에게는 확실한 지론이 하나 있다. 즉 문학은 우리 삶에서 구할 수 있는 '즐거움'이고 따라서 문학경험은 반드시 즐거운 것이 되어야한다는 생각이다. 확실히 시인의 글에는 즐거움과 그것을 통해 전달되는 잔잔한 감동이 있다. 작품을 보며 논의를 계속하기로 하자.

2

우선 한 편의 시와 같은 〈시인의 말〉을 들어보자.

팔월 그 어느 날
거품처럼 수국은 져 나리고
수국보다 더 환하던
당신의 웃음도 지고

밥도, 죽도 죽이며
하루를 죽이고
관세음도, 보살도 지우고
나무가 된, 어머니

나는, 젖은 꽃 무덤 되어
짠맛 후회와 함께
속내를 드러내 봅니다

'괜찮다는 말
참, 슬프다'라는 이름으로

— 〈시인의 말〉 전문

팔월 어느 날 거품처럼 수국이 지고 그 꽃보다 더 환하
던 당신의 웃음도 졌다. 우리는 이어지는 문장에서 수국
보다 환한 웃음을 짓던 '당신'은 바로 시인의 어머니임을

알게 되고 그 분이 이제 저 세상 사람이 되었음도 알게 된다. 그 분은 밥도, 죽도 죽이며 하루하루를 죽이다가 자신이 믿던 관세음도, 보살까지 다 지우고 돌아가셨다. 어머니를 여읜 시인은 이제 '괜찮다는 말 참, 슬프다'라는 이름으로 '자신의 속내'를 드러내게 되었다고 토로한다. 우리는 이런 발화를 통해 시집이 나오게 된 연유와 시집 제목이 견인된 사연을 알 수 있다.

그야말로 앞에서 언급한대로 한 편의 시와 같다. 〈시인의 말〉에는 이미 "젖은 꽃 무덤"이나 "짠맛 후회"와 같은 강한 심상의 비유적 표현은 물론 '지다'와 '지우다' '죽'과 '죽다'와 같은 동 · 유음이어의 견인 등 문학적 장치들이 산견되고 있다. 그런데 무엇보다 주목되는 것은 위 글이 본문의 작품들과 서로 상호텍스트성으로 작용하고 있다는 점이다.

아이가 죽었다
깨금발로 뛰다가 죽었다
금 밟고 죽었다
죽은 아이가 울고 있다

― 너 왜 울고 있니?
― 죽었으니까요

죽은 아이가 울고 있고

죽은 아이를 보며 산 아이들이 웃고 있다

– 넌 왜 웃고 있니?
– 살아있으니까요

괜찮다고 한다 울면서 괜찮다고 한다
죽어도 괜찮다고 한다
죽은 아이를 보고 웃어도 괜찮다고 한다
죽어서 다시 죽지 않기 때문에 괜찮다고 한다

괜찮다는 말, 참
슬프다

　　　　　　　　　　　　　　　　　　　　　　　 –「사방치기」전문

　인용된 시는 작품집 1부 첫 번째 수록된 것으로 그만
큼 시인에게 중요한 비중과 의의를 가진 것이 될 것이고
독자도 필독할만한 가치를 지닌 작품으로 판단된다.
　우선 〈시인의 말〉과의 상호 텍스트성을 생각해보자.
이 작품의 마지막 문장은 "괜찮다는 말, 참/ 슬프다"이
다. 그런데 놀랍게도 이 문장은 〈시인의 말〉의 마지막
문장과 글자 하나 다르지 않게 반복되고 있는 동시에 시
집 제목과도 정확히 일치한다. 이 문제는 뒤에 다른 작
품을 다루며 다시 논의하기로 한다.

3

시제「사방치기」는 '마당에 놀이판을 그려놓고 돌을 던진 후, 그림의 첫 칸부터 마지막 칸까지 다녀오는 놀이'라고 주석이 달려있다. 어린 시절 필자도 이와 유사한 놀이를 했던 기억이 있다. 두 개의 '문답'을 중심으로 구성된 작품은 전체적으로 부적절하고 무게 없는 언어유희는 없다. 시인의 감정이나 정서를 주관적으로 나타낸 길지 않은 서정시로, 한 마디로 있을 것은 다 있고 없을 것은 하나도 없는 깔끔하고 기품 있는 작품이다.

시는 '소리와 의미의 유기적 결합'이란 말이 있다. 또한 '즐거운 관념과 음악의 결합'이라는 말도, '아름다움을 운율적으로 창조한 것'이란 말까지 있다. 그만큼 소리와 음악성은 시를 규정하는 가장 중요한 요소의 하나이다. 음악성은 시에서 두 가지 큰 역할을 한다. 아름다운 소리는 그 자체로 우리에게 즐거움을 주는 동시에 의미와 내용을 분명하게 하고 소통을 쉽게 해준다. 따라서 시란 듣기에 즐거운 소리를 사용하고 나아가 의미와 내용을 그 소리에 실어 표현하는 것이라고도 말 할 수 있다.

시인은 이런 시의 음악성을 위해 무엇보다도 문장과 작품 전체에 '리듬'을 싣는 방법을 찾는다. 리듬은 규칙적인 반복에서 발생한다. 일출과 일몰이 반복되고 밀물과 썰물이 반복된다. 사계절의 순환도 반복된다. 자연현상뿐 아니라 인간의 몸도 마찬가지다. 심장의 박동과

내쉬고 마시는 호흡은 그 중 가장 중요하고 현저한 신체의 생리학적 리듬으로 평소 우리가 의식하지 못하지만 우리의 생명에 직결되는 동작이다. 따라서 시의 리듬은 작위적인 것이기 보다는 아주 자연스러운 것이라 할 수 있다.

위 작품에는 놀라울 정도로 완벽한 리듬이 있다. 우선 이 부분에 시선을 집중하고자 한다.

작품은 "아이가 죽었다"라는 문장으로 문을 연다. 다음 행부터는 그 이유가 설명된다. 어쩌다가? "깨금발로 뛰다가 죽었다" 왜? "금 밟고 죽었다" 셋째 행까지 문장들은 모두 "죽었다"라는 일정한 종지형이 반복되며 마감되고 있다. 이는 시에 리듬을 만드는 결정적 역할을 하게 된다.

"죽은 아이가 울고" 있는 것은 당연한 일이다. 시적 화자가 묻는다. "너 왜 울고 있니?/ 죽었으니까요" 그런데 "죽은 아이를 보며 산 아이들이 웃고 있다" 화자가 다시 묻는다. "넌 왜 웃고 있니?/ 살아 있으니까요" 이 또한 당연한 말이다. 두 차례의 질문과 그에 대한 답은 조금도 논리에 어긋나지 않는 타당한 대화다. 주목할 점은 이 문답의 형식이다. '죽은'이 '산'으로, '울고'가 '웃고'로 바뀌었을 뿐 동일한 통사구조의 문장이 같은 위치에서 정확하게 반복되고 있다. 위 두 문답의 문장 역시 시에 놀라운 리듬을 만드는 역할을 수행한다.

다음 연의 첫 행은 "괜찮다고 한다"고 시작되고, 역시 같은 문장으로 행이 마감되고 있다. 짧은 한 행에 "괜찮다고 한다"라는 문장이 두 번이나 반복되고 있는 셈이다. 이어지는 둘째 행의 문장도 정확이 같은 종지형으로 마감된다. 셋째, 넷째 행의 각 행들도 모두 같은 위치에서 동일한 종지형의 문장으로 반복되고 있다. 정말 완벽에 가까운 리듬 창출이라 말하지 않을 수 없다.

결과적으로 시 전체는 같은 시행들이 여러 차례 같은 위치에서 반복·병치倂置되고 있다. 그리고 이렇게 반복되는 동일한 통사구조의 문장들은 화자의 정서를 한층 배가시키며 그것을 효과적으로 드러내는 기능을 한껏 발휘하고 있는 것이다.

4

문학은 선택된 낱말과 그 낱말들의 적절한 배열, 즉 의미 구현의 문장으로 이루어진다. 일반적으로 문장은 의사전달을 위한 사회적 수단의 하나로 통용되는 어법을 벗어날 수 없다. 그러나 작가는 일상 어법의 가능성을 최대한 확대해서라도 자신만의 독특한 의미 구현을 추구한다. 작가가 표출하고자하는 의미의 구조는 개성적인 것이고 또 그래야만 한다. 이런 개성은 문장 자체에 그대로 반영되게 마련이다. 다시 말하자면 문장의 독특한 구성으로 인해 독특한 의미구조가 성립된다고 말

할 수 있다. 소위 작가의 '문체'가 이루어지게 되는 것이다.

문학연구자들은 작가의 문체에서 일상의 언어용법과 달라진 양상을 관찰하고 그런 것이 어떤 효과를 창출하고 있는지에 대해 주의를 기울인다. 특히 개성을 가진 작가 '태도의 표현'이라 할 수 있는 '어조語調'에 관심을 갖는다. 사람마다 음색, 억양, 강세 등에 의한 어조가 다른 것처럼 글의 어조, 즉 글에 나타나는 작가의 태도 역시 다르기 때문이다. 최근에 와서 연구가들은 어조 중에서 특별히 '아이러니'에 관심을 보이고 있다. 이 말은 원래 '시치미 떼고 꾸며대기'라는 뜻의 희랍어에서 유래된 말로 풍자, 복선伏線, 반어反語, 역설 등의 사전적 의미를 갖고 있다. 그러나 근대에 와서는 더 넓은 의미로 해석하여 축소, 과장, 대조, 불합리에 근거한 농담, 조소는 물론 패러디, 동음이어에 의한 펀pun, 패러독스paradox 등도 모두 아이러니의 일종으로 간주하고 있다.

우리가 읽고 있는 이 책의 제목은 『괜찮다는 말 참, 슬프다』이다. 그런데 이 제목은 책 표지 바로 안쪽의 〈시인의 말〉에 그대로 인용되며 작가가 이 책을 쓰게 된 '속내'를 드러내는가 하면, 놀랍게도 위의 작품 마지막 연에서도 글자 하나 바뀜 없이 재인용 되며 글 전체를 마감하고 있다. 아주 보기 드문 경우다.

다시 "괜찮다는 말 참, 슬프다"라는 문장을 예의 주시하게 된다. '괜찮다'라는 형용사는 '나쁘지 않다' 또는 '문제되거나 거리낄 것이 없다'라는 의미를 가진 아주 긍정적인 말이다. 예로 먹어도 '괜찮다'고 말하면 먹어도 '좋다'는 말이나 마찬가지가 아닌가. 그렇다면 이 긍정의 말을 듣는다면 즐겁고 기뻐하는 마음이 될 것이다. 그런데 시인은 이 말을 '기쁘다'가 아니라 반대의 말인 "슬프다"고 표현하고 있다. 이는 확실히 모순되고 불합리한 역설적 발화로 우리는 이미 강한 아이러니를 느끼게 된다.

작품에 채택된 어휘와 그것들의 배치는 아주 독특하고 개성적이다. 작품에는 '죽었다' '죽은' '죽었으니까' '죽어도' '죽어서'와 같이 '죽다'의 어미 변화된 말들이 '살다'에 해당되는 말에 비해 압도적으로 등장횟수가 많다. 그래서인지 '울다'와 해당되는 어휘도 '웃다'에 해당되는 어휘보다 단연 다수다. 따라서 작품 전체의 정조는 아무래도 어둡고 우울한 편이다. 그러나 화자는 울어도 괜찮고, 죽어도 괜찮고, "죽은 아이를 보고 웃어도 괜찮다고" 괜찮다는 말을 연속 반복한다. 역설이 아닌가. 어찌하여 시인은 이런 역설을 계속 발화하고 있는 것인가. 그 연유는 무엇일까.

이 작품의 어휘들 배치와 그 구조는 정말 독특하다. 작품에 등장하는 어휘들은 '죽고, 살고' '울고, 웃고', 그리고 '괜찮다'가 전부다. 만약 시제가 「사방치기」나 아니었더라면, 그리고 이에 관계되는 '깨금발'과 '금'이라는 단 두 개의 어휘가 없었더라면 이 시는 전혀 독해불가의 '시도 아닌 시'가 되고 말았을 것이다. 더구나 이 어휘는 단 한 번씩만 작품에 등장하고 있다. 그러나 단 한 번 등장하는 이 두 개의 어휘는 작품의 이해뿐 아니라 역설적 발화의 연유를 밝히는 결정적 역할을 하고 있다. 놀라운 일이다.

이 작품은 시 전체가 한 덩어리 역설적 아이러니를 표출하고 있다고 해도 과언이 아니다. '죽다'는 '살다'의 반대말로, 그야말로 삶과 죽음이 갈라지는 심각한 문제다. 절대로 죽음을 보고 웃을 수는 없는 일이다. 그러나 시인은 "죽은 아이를 보고 웃어도 괜찮다고 한다" 여기서 특별히 주목할 점은 그 '죽음'의 원인이다. 작품에서의 '죽음'은 '사방치기'라는 놀이의 규칙을 어겼기 때문에 발생한 일이다. 즉 "깨금발로 뛰다가" "금 밟고" 죽은 것이다. 따라서 얼마든지 그 죽음을 보고 "웃어도 괜찮다" 놀이에서 죽은 것이지 실제로 죽은 것이 아니기 때문이다. 겉으로는 틀린 말인 것 같지만 실질적으로는 옳은 말이 바로 역설이 아닌가. 완벽한 역설적 아이러니가 창출되고 있다.

작품의 마지막 문장, "괜찮다는 말 참, 슬프다"에 다시 시선이 간다. 대개 '괜찮다'라는 말 앞에는 '-을 해도' 같은 조건절이 있게 마련이다. '금' 밟고 죽은 아이를 보고 "웃어도" '괜찮다'와 같은 경우다. 그런데 "금"은 한도 또는 한계선을 가리킨다. 삶에는 얼마나 많은 금이 그어져 우리의 앞길에 한계선이 되고 있는가. 그러나 그 금을 자신이 밟지만 않으면 누가 밟던 괜찮다. "죽은 아이가 울고" 있지만 "산 아이들이 웃고 있다" 화자는 아이들 놀이에서도 이런 세상살이의 서글픈 함의를 보고 있는 것 같다. 그래서 '괜찮다'는 말이 슬프게 느껴지는 것이 아닌가.

5

다시 〈시인의 말〉을 읽어본다. "팔월 그 어느 날/ 거품처럼 수국은 져 나리고" 그 꽃보다 "더 환하던/ 당신의 웃음도" 졌다. 환한 수국에 비유되고 있는 '당신'은 바로 시인의 어머니이고 그 분은 꽃처럼 '지고' 말았다. 이제 이 세상 사람이 아니란 말이다. 그런데 시집 본문에는 바로 그 "거품처럼 하얀 수국"을 노래한 작품이 있다. 그것도 "어느 해 팔월 그 어느 날"에.

수변공원 산책길에 수국을 샀다
거품처럼 하얀 수국 앞에 당신은 환했다

큰 꽃은 큰애를
작은 꽃은 작은애를 닮았다지만
하얀 수국 나에겐 당신이었다

환하던 날짜 이윽고 지고

꽃 사라진 빈 화분엔
수국이 있었다는 사실조차 지워지고

애들 떠난 빈자리에
다시 핀 수국
당신의 손전화기에 뿌리를 내렸다

화면에서 솟아나는 물방울 문자들
수국, 자잘한 꽃잎은
활짝 피어오른 당신의 웃음

어느 해 팔월 그 어느 날
수국은 거품처럼 사라지고
수국보다 더 환하던 당신의 웃음도

지
고

—「지다」전문

　화자는 "산책길에 수국을 샀다" 그 꽃은 화자에게 '당신', 바로 어머니였다. 그러다가 꽃은 지고 빈 화분엔 "수국이 있었다는 사실"도 지워졌다. 아이들도 집을 떠나갔다.
　그런데 해가 바뀌어 "애들 떠난 빈자리에" 꽃은 다시 피었다. 놀랍게도 꽃은 "손전화기에" "당신의 웃음"이 되어 피어오르고 있다. 화면 위의 "자잘한 꽃잎은" "물방울 문자들"로 당신처럼 웃고 있다. 수국은 자잘한 하얀 꽃잎들이 뭉쳐 말 그대로 "거품처럼" 피었다가 진다. 손전화기에서도 어머니를 느끼는 화자의 간절한 그리움이 가슴을 친다.

작품은 '끝 부분'은 "어느 해 팔월 그 어느 날/ 수국은 거품처럼 사라지고/ 수국보다 더 환하던 당신의 웃음도" 졌다고 〈시인의 말〉 '첫 부분'을 거의 그대로 반복하며 마감된다. 특히 마지막 연은 "지/ 고"라고 의도적으로 행갈이를 하며 '졌다'는 사실에 방점을 찍고 있다. 어머니가 떠나가신 현실을 새삼 느끼고 이를 강조하고 있는 것이다.

여기서 우리는 앞에서도 언급한 '상호텍스트성'이 작품과 작품 사이에 강하게 작용하고 있음을 알게 된다. 이는 김석 글쓰기의 또 다른 큰 특징을 보여주는 것으로 아주 주목되는 점이다. 어떤 텍스트가 다른 텍스트를 인용하거나 변형시켜 서로 관련을 맺는—흔히 '모자이크'에 비유되기도 하는—이 '상호텍스트성'은 현대시의 가장 핵심적인 지배소의 하나다.

우선 수국이란 꽃은 〈시인의 말〉에서처럼 이 작품에서도 '어머니의 표상'으로 견인되고 있으며, 동시에 시제가 되기도 하는 「지다」라는 어휘 또한 강조됨으로 어머니가 이제 저 세상 사람이 되었음을 주목하게 하고 있다. 한 마디로 양쪽의 글 모두가 '어머니에 대한 회억'을 주제로 하고 있는 것이다.

　그런데 책 2부의 제목은 아예 「엄마의 시간」이고 또한 동명의 작품이 안에 게재되어 있음을 보게 된다.

　　엄마, 엄마요
　　내 알겠나, 내 누구요

　　%$#! @&%?
　　머라카노, 큰아들 알겠어요

　　내가 머 바본 줄 아나, 아들 둘에 딸 하나

　　작은 아
　　지 아부지 제삿날 전화 오고

　　막내딸
　　내 생일에 일본서도 날라온다

　　눈앞에 큰아들 보며, 큰아는 늘 바뿌다
　　　　　　　　　　　　　　　　　－「엄마의 시간」 전문

　작품은 돌아가시기 전 어머니가 몸도 쇠약해지고 정신도 혼미해져 요양원에 계실 때, 찾아간 아들과 나누는 대화로 구성되어 있다. 먼저 아들이 내가 누군지 알겠냐고 묻는다. 그러나 어머니는 도무지 알아들을 수 없는 말로 횡설수설할 뿐이다. 재차 아들이 나를 알겠냐고 물으니 어머니는 갑자기 "내가 머 바본 줄 아나"며 또렷한 기억력으로 자신은 "아들 둘에 딸 하나나"가 있는데 작은 아들은 제 '아버지 제삿날'에 전화했고 딸은 '내 생일날' 일본서도 날아왔다고 답한다. 우리는 놀라며 반가워하지만 마지막 연에서 결국 어머니가 얼마나 심각한 상태에 있는지 다시 깨닫게 된다. 즉 "눈앞에 큰 아들 보며" 그 아들은 바쁘다고 말하고 있는 것이다. 이 말은 바빠서 못 왔다는 말이나 마찬가지 아닌가. 우리는 어머니가 치매증도 심각했었음을 알게 된다.

이런 상황은 "요양원 침대 위 엄마 눈 맞추며/ 내 누군지 알겠나/ 큰 아들 이름 머꼬?"(「잘 있고, 말고요」)라고 안타깝게 묻는 화자의 모습과 중첩되며 서로 연계된다. 이렇게 보니 위 세 작품은 모두 어머니에 대한 '그리움과 회억'의 상호텍스트성으로 서로 아름답게 조화를 이루고 있는 경우가 될 것이다.

또 있다. 〈시인의 말〉에는 "젖은 꽃 무덤 되어/ 짠맛 후회와 함께" 속내를 드러낸다는 문장이 있다. 여기에서 사용된 "젖은 꽃 무덤"과 "짠맛 후회"라는 말은 그대로 시제가 되어 역시 본문에 자리 잡고 있다. 시인은 밤새 빗물에 떨어지는 "꽃잎/ 내려다"보다가 "제 무게 스스로 감당 못해/ 털썩 주저앉아" 스스로 「젖은 꽃 무덤이 되어」버리고 말았다고 노래한다. 또한 시인은 한국 고유의 "국물 맛"은 세상 어느 곳에서도 맛 볼 수 없는 "일품"이지만 "짜면서도 너무 뜨겁다"며 그 "버리기에는 아까운" 맛은 "때 늦은 「짠맛 후회」"를 만드는 맛이라고 노래한다. 여기에 등장하는 어휘들은 모두가 어머니를 떠나보낸 화자의 애절한 마음을 담고 있다.

실상 지금까지 읽은 모든 작품들이 인용되든 변형되든 서로 다양한 의미체계의 연관을 가지는 상호텍스트성을 보여주고 있다고 할 수 있다.

6

작가의 전기적 사실을 모른다고 해서 작품의 이해가 어렵다거나 가망 없는 것은 결코 아니다. 그러나 전기적 사실, 즉 개인사에 대한 고려가 이해의 명징성을 제공해 준다는 사실은 분명하다. 작가의 개인사가 특정작품의 명석한 해명에만 국한되는 것이 아니다. 작가의 여러 작품 속에 되풀이되어 나타나는 개인적인 태도, 심리, 정서적 패턴은 그 작가의 전체적 작품이해에 중요한 단서를 제공하는 것은 확실하다.

나는 김석이란 시인의 개인사에 대해서는 모른다. 그러나 앞에 인용된 「엄마의 시간」을 독서하며 그가 '경상도 출신'이라는 것과 남동생과 여동생이 하나씩 있는 '삼남매의 맏'이라는 것을 확실히 알고 있다. 그의 어머니가 요양원에 입원해 계시다가 돌아가셨음도 알고 있다. 문학 작품이 가지고 있는 지속적 호소력의 원천의 하나는 '진실의 제시기능'이다. 감동적인 작품에 관해 토로되는 가장 흔한 독자반응 중의 하나는 삶의 진실이 잘 나타나 있다는 감탄 섞인 발화다. 소박한 감정토로를 위주로 하는 서정시의 경우에도 '진실성'은 중요한 가치판단의 기준으로 작용한다. 물론 문학, 특히 시에서의 진실이란 말에는 '시적 허용'이나 '의사진술' 등 많은 다의성을 포함하지만 독자들의 '사실과의 불일치'에 대한 소박한 거부반응은 의외로 완강하다. 또한 독자가 읽기를 계속한다는 것은 잠정적 '동의'에 기초한 선택 및 비판행위가 되는 것이다. 따라서 명제적 진술이 갖는 진실성은 작품 전체와 얼마나 유기적으로 연관되어 있는가 하는 '일관성'의 척도에 의해 가늠된다. 우리는 이미 김석의 작품들이 결코 흩어지는 법이 없이 조화를 이루며 상호 연계되는 '일관성'을 유지하고 있음을 잘 알고 있다. 당연히 그의 글에는 진실성이 감지된다.

꼭 집고 넘어가야할 중요한 점이 또 하나 있다. 인용된 작품에는 독특한 어휘들과 어법이 눈에 띠는데 우리는 이런 언어의 구사와 그 효과에 대해 특별히 주목할 필요가 있다.

작품 첫 연에서 아들은 엄마를 부르며 "내 알겠나"라고 묻는다. 엄마가 알아듣지 못하는 소리로 대답하자 "머라카노"라며 다시 자기를 알겠느냐며 묻고 있다. 어머니는 "내가 머 바본 줄 아나"라며 "작은 아/ 지 아부지 제삿날" 전화했었다는 것까지 답한다. 우리는 여기서 전형적인 경상도 사투리를 듣게 된다. 표준말로 한다면 "내 알겠나"는 '나 알겠어요?'로, "머라카노"는 '뭐라 하는 거예요?'로 되어야 맞다. 마찬가지로 "머 바본 줄 아나"는 '무어 바보인줄 아니?'로, "작은 아/ 지 아부지 제삿날"은 '작은 아이는/ 제 아버지 제삿날'로 되어야 할 것이다. 문장은 최대한 줄이고, 친한 사이에는 연상의 윗사람에게도 공대어 대신 평상어를 사용하는 것이 영남지역 특유의 어법인 것 같다. 인용 시와 밀접한 상호텍스트성으로 연결되고 있다고 보이는 「잘 있고, 말고요」에서도 화자는 요양원 침대 위 엄마와 눈 맞추며 "내 누군지 알겠나/ 큰 아들 이름 머꼬?" 묻고 있다. 이 말은 일반인이 듣기에는 확실히 불경하게 들리는 반말이다. 그러나 지역에서의 이런 독특한 어법은 오히려 훈훈한 가족 간의 사랑을 고스란히 전달하는 역할을 하는 말이기도 하다.

　지역의 '토속 방언'이 환기하는 독특한 정서는 독자가 이 시를 수용함에 있어 결정적인 '친화력'으로 작용한다. 시인의 성장과정 초기에 익혀 의식 심층에 깊게 자리 잡고 있는 이런 말들은 민초의 삶에 밀착된 '기층基層언어'로 미묘하면서도 거역할 수 없는 강력한 정서를 환기시키고 촉발시킨다. 작품에는 뒷날의 체험에서 습득한 교양언어는 물론 추상적 관념어 또한 전혀 발견할 수 없다. 그래서 이런 기초어휘들은 더욱 강한 호소력을 가지고 우리 가슴에 파고들게 되는 것이다. 김석은 민초들의 발화 스타일 그대로인 서민·대중언어를 작품에 과감히 수용한다. 이는 시제로도 여실히 나타나고 있다. 「고마 카이소」, 「어여 가라니까」, 「고마, 형이라 캐라」와 같은 시제들은 얼마나 투박하며 정감 있는 모국어들인가.

아부지는
문디 같은 기, 카고

어무이는
단디 해라, 칸다

내사마
가마이 듣다가

문디도 단디할 쭐 암니더
인자마, 고마 카이소

내, 똑디 하끼요

— 「고마 카이소」 전문

아마 표준어에만 익숙한 서울태생의 초·중학생은 이 시를 쉽게 해석하기가 힘들 것으로 생각된다. 솔직히 필자의 무지는 "단디 해라, 칸다" "내, 똑디 하끼요"라는 문장을 처음 접했을 때 무슨 말인가 하고 당황했음을 고

백한다. 그러나 이는 영남 서민들이 일상에서 쓰는 기층 언어이자 직접성과 구체성을 구현하며 신체감각에 그대로 육박해오는 토착어다. 앞서 이 지역 방언의 특색은 문장을 최대한 줄이는 것이라고 언급했는데, 특히 부사 사용에 있어서 그 언어경제의 효과는 놀라울 정도다. '단디'와 '똑디'는 둘 다 부사어다. 이 두 어휘만 확실히 이해한다면 작품해석에는 전혀 어려움이 없을 것으로 안다. '단디'는 '단단히'를 말하는 것으로 '확실히' '제대로'의 뜻도 공유하고 있다. 그런데 '단디'는 지역 프로야구단 마스코트의 캐릭터라고도 한다. '똑디'는 '똑똑히'를 말하는 것으로 대구은행에서는 '똑띠체크카드'도 발급하고 있다고 한다. 우리에게는 낯설게 느껴졌던 이 어휘들이 지역에서는 얼마나 풍요로운 정서를 창출하고 있는지 짐작이 된다.

　지금까지 우리는 시인이 견인한 토착어들과, 그리고 이를 언어조형 능력으로 어떻게 서정적 문장으로 구조화시키는지를 보았다. 그 결과 우리는 시적 대상을 선연한 감각으로 인식하고 거역할 수 없는 그리움의 정서에 빠져들었다. 비록 어렵고 힘들었을지라도 어릴 적의 고향은 '잃어버린 낙원'으로 우리 모두의 의식 심층에 남아 있다. 우리는 글을 통해 그 낙원의 서정에 흠뻑 빠져들 수 있었던 것이다.

7

작품 몇 편 읽지 않았는데도 많은 지면을 할애하고 있다. 글 초입에서 언급한 것처럼 문학은 삶에서 구할 수 있는 즐거움의 하나이다. 비평가는 당연히 그 아름다움을 밝혀 독자와 함께 즐겨야한다는 완강한 고집이 나에게 있다. 따라서 많은 작품을 집적댈 일이 아니라 몇 작품이라도 성실한 수고를 바쳐 작품의 미학적 효과를 제대로 찾아내어 독자와 나누어야 한다. 또한 작품에 대한 이런 정독이 다른 작품들의 독해에도 결정적인 빛을 줄 수 있다는 믿음도 있다. 몇 작품에만 집중하게 된 이유다. 시인의 계속되는 건필을 기원한다.